仁瓶早苗

歌集

そめゐよしの

青磁社

白珠叢書第二四七篇

第 26 回日洋展（2012）　路地裏

第21回日洋展（2007）　人形と壺たち

第23回日洋展（2009）　未 来

第25回記念日洋展（2011）　古い街並

そめゐよしの＊目次

歌集

そめゐよしの

仁瓶早苗

海へのあこがれ　　二〇〇一年

京の街に永く住みゐる友にして海へのあこがれ胸に抱けり

南洲のたくましき書をうち眺め薩摩御殿にいかなごのさしみ

ふうせんかづら物干にいまだ揺れてをり空に半月照り輝きて

紙袋一ぱいの渋柿うち眺め我が家に珍しき世界ひろごる

エッフェル塔のほとりの小さき回転木馬今も廻りてゐるかもしれぬ

夜半過ぎ白夜の山へ登りたり敬虔なる思ひおのづから湧く

梅林の蕾固ければ黒き名札読みつつ歩む正月二日

黄梅の数本咲きてほのかなる香りただよふ城をめぐれり

何鳥か朝を啼きつつとびゆけり珊瑚樹も古木となれる塀沿ひ

蜂一匹レースのカーテンにしがみつき朝の光をあびてしづもる

われにかかはる三箇所の墓めぐり終へ坂を登れば紅梅咲けり

まのあたり人間国宝の京舞を眺むるひととき刻なき如し

墓参終へ心和みて歩みゆく変らぬ三年坂の石畳の道

武蔵の生家誰か住みゐて大樹なる新緑の欅高く聳ゆる

唸りつつ暴走車数台走り去る花散りそむる春の夜半を

今回もこれが最後と告げきたる同窓会にいそいそと行く

亡き母の口ぐせ時をり私も呪文のごといふ「急がばまはれ」

地下鉄の向ひの席の老女達それぞれに新しきモードたのしむ

蓮池の新しき緑見下ろしぬ五月雨るる丘にしばし立ちつつ

白鳥の卵抱けると告げらるる池に白々とすがしき姿

戦なき世となれる日本さはあれど幾多の不可思議な事件続くも

高々と慶沢園の樹々育ち池の睡蓮うちまもりをり

雑草と区別のつかぬ苗ありてしまらく朝毎に水注ぎゐる

蟬しぐれ今年もはげし物干に浜木綿白くすがしき朝

八月の田の広ごりを眺めつつ敗戦の夏想ひかへしぬ

青々と田の広がれる野をゆきて白く光れる寺の屋根見ゆ

比良の山かすみに包まれ更に湧く灰色の雲広がりゆくも

数千本の檜育つと告げらるる亡母の生地の宇陀の山村

宇陀の村より蛍籠さげて来し僧もとく逝き幾度か夏めぐりくる

広き河の中洲に釣竿持つ人の姿も見ゆる何河ならむ

曽爾高原

二〇〇二年

流れゆく刻を思ひぬ白々と芒ゆれゐる曽爾《そに》高原に立つ

わが母の生家やうやく改築され二百年の歴史梁にのこれる

萱ぶきの屋根裏暗く広ごりて先祖の御魂こもれるならむ

なだらかに外人墓地の坂ありて彼方に白く光る海あり

白々と墓群《はかむら》風に吹かれゐて紫陽花重たげに頭ゆるがす

亡き従兄と同姓同名の青年がマラソンのトップを走つてをりぬ

独り抹茶をたてて呑みをり夫はビールを飲みて寝ねたる真夜中にして

まむかひに坐れる少女化粧するすばやき動きをしばらく眺む

十二月八日ねといひても誰も反応せず世代の違ひ知らされてゐる

めらめらと燃ゆるカルテよ幾歳月診て来し患者達の顔浮びくる

いとこ達次々逝きてこの冬の夜半想ひ出のつくることとなし

朝より頭垂れゐしシクラメンたつぷりの水に咲きもどりたり

耳鼻科医も四十年たち患者達世代変りて子や孫も来る

雪やみてたちまち晴れし暮れがたの街歩みゆく足どりかるく

亡き母の生れし寒村過疎となりかかる月夜の河光るらむ

物干に葱太りたり同じ並びの鉢のチューリップ新芽萌えゐて

ゆたかなるドイツの風景描きゆく地平の彼方に広ごるみどり

数本の馬酔木白々咲きみだれ友との日々を想ひおこしぬ

黒きピストルくくられてゐる造形の描かれ「世界平和を」がテーマ

細々とコスモスの葉がゆれてをり雨後の涼しき風吹く物干

日露戦争の事もちらりと脳裏かすめサッカーW杯の応援してをり

長びきゐし手術終へたる隣人の車椅子の音に耳澄ましをり

梅雨あけの青天の朝赤々ともみぢ葵の花開きたり

物干のブルーベリーの実の熟し一つぶ食めどいまだすつぱし

サンダルを選びくれし少女柔らかくよく透る声をもちゐる

ボート部の青きオールが飾られゐて義兄の若き日の勇姿しのばる

極楽のあまり風とふ言葉あり物干にゐて亡母想ひ出づ

トレドの街

二〇〇三年

亡母たちの生れし家なり改築され何か昔の家なつかしき

栗落ちていがのままあり茶畑も蔦からまれる庭となりをり

兄弟の仲むつまじき仁瓶家の二人の兄を重ねうしなふ

年相応の顔となりたり自画像は目じりを少し下げて描かむ

声嗄らし鴉啼きをりゴミの日の朝《あした》何かを喰みたるならむ

茜雲少しにごりて見ゆる窓私の人生いつまで続く

白々と墓のめぐりの芒ゆれ武蔵野の疎林秋雨降りゆく

雨の朝めじろすばやく動きゐてさへづりながら赤き実をはむ

あへぎつつ清交社の階段登りつめ青風師の笑顔にむかへられしか

四百年の歴史しづもる城塞のトレドの街の石畳踏む

うつむけるモデルのうなじ故わかぬ悲しみのごときものたたへをり

浜木綿の葉が黄ばみたる物干に霰激しく降り注ぎたり

ああ遂に戦となりぬうららうらと朱き椿に真陽《まひ》輝くに

強きもの常に正しきか不安なる心抱きぬ戦はじまり

病にたへ水彩画の個展開きたる友の笑顔に会ひしうれしさ

白々とめだたぬ優しき花咲かすブルーベリーに春陽射しをり

物干の片隅に小さきつぼすみれあまた咲きをり小雨に濡れて

背伸びして百号のキャンバスに対ひをりスペインの明るき小径描《か》かむと

物干に轟音聞こえ銀色の車オートバイと衝突してをり

物干より目撃したる交通事故若者すつくと立ち上りたり

柱時計狂ひしままに時刻む台風それし夜のしづもりに

嬉しき事悲しき事一ぱい聞きし日よ十七回生クラス会五十名

物干の園芸三十年の歴史ありふうせんかづら今年も揺るる

ラベンダー過ぎて浜木綿・朝顔と白きダリアも小さく咲きをり

熊本の旧友いかに過すらむ豪雨の土石流テレビにうつる

白々と木槿咲きたる木に近く珊瑚樹の朱き実たわわにひかる

めぐり来し敗戦の日と思ひつつ鳥辺野の墓地を黙々歩む

二人の孫何を思ひて歩むなる鳥辺野の墓地さるすべり咲く

いちはやく秋の光となれる原少女ら集ひ何語り合ふ

柿の落葉

二〇〇四年

ラベンダーにあぶ一匹がすがりつき物干に秋のそよ風吹けり

乳児必死に泣き叫びゐる診察室　秋風となり夕暮れてゆく

豆腐屋の機械の音がきこえきて秋深みゆく朝と思へり

水門の放水たちまち始まりて水しぶきあげ秋光あびる

紅葉《もみぢ》せる柿の落葉が土の上にしきつめられてわが秋の庭

大人たちのおしやべりひたすら聞きゐたりお行儀良くと祖母に告げられ

上品にならはつたなどと批評され二度目の転校錦林尋常小学校

どこから見ても年寄りになつたと娘《こ》にいはれうまき批評と諾ひてをり

まむかひのビルなどなべてかくしつつ牡丹雪降る南の窓

患者診るわが掌の皺が目立つなり医院廃業近づける冬

若き日の美人の患者白髪となり診察室ににこやかに現はる

八十円のゴリラの切手残りをりどなたに便りするときはらうか

かういふ部屋を我も描《か》きたし窓の辺にあふるるばかり春の花あり

五条坂にぎはひみせて外人の苦行僧一人経となへをり

数年前友とめぐりし北欧の白夜の街を描きはじめぬ

物干に一鉢の牡丹育ちたりすくすく伸びて蕾ほころぶ

はなやかに咲きほこりたるピンク色の花弁むなしく一瞬に落つ

誰かれに牡丹の花の咲きしこと告げしが関心なき人もある

木の剪定孫にまかせて見上げたる五月の空の青きひろがり

朝顔の苗売る店のなき事も時の流れか昼の公園

水注ぎばらの病葉とりのぞく　物干の仕事つきることなし

アフリカの婦人を描きぬふくよかな体を包む朱の民族衣装

桐の花のロマンを想ふ登校の道すがら仰ぎし紫の花

朝顔の葉の切れこみの深くして大輪の花期待する六月

枯花を捨てたる後の剣山の黒き孤独の広ごる朝《あした》

水足りぬと小さき朝顔咲きゐたり花びら裂けて猛暑の真昼

若きらも黒きパラソルさしてゆく流行もときにさびしきものを

台風の通り過ぎたる無風の朝物干に朝顔顔並べ咲く

寮の上とびゐし機影消え去りて枚方の工場爆破されし夏

「腹空《す》いた」丈高き孫何回も墓参の途中に我に告げたり

デッサンがうまくゆきたる百号の絵を塗りゆけり心たのしく

物干にピンクに咲ける芍薬の風強き朝折れてしまひぬ

入道雲南の空にひろごりて城門の如き形となりぬ

この年も原爆の日の過ぎゆけば心の重き夏とはなりぬ

何も通らぬ刻もありたり真夏陽のぢりぢりと射す豆腐屋の前

二〇〇五年

古きカルテ

石橋の上より眺むる池の中亀一匹の動きにぶきよ

サッカーの練習に焼けし顔みせて孫の食欲たのもしきばかり

百号の油絵描《か》き終へのんびりと小さきキャンバスに秋の庭描く

紋白蝶ちらちら舞へりラベンダーの紫冴ゆる物干にして

白雲の上に青空のぞきゐて歩かねばならぬとわれ坐りゐる

曇りたる空に三日月おぼろげに存在示す師走暮れどき

押入れの隅より出でし古きカルテめらめら燃ゆる師走の原に

覚えゐる患者の名前書かれたるカルテも燃えゆく師走の原に

塀沿ひの柿みのりきていろづきぬ亡母の知らぬ我が秋の庭

うすきアルミの鍋に残れる菜をすくひふと戦時中の冬を思へり

かけもちは遂に無理なり老齢を思ひ知らさるる厳冬の朝

くすみたる医の白衣重ね引出しに入れたるままに年を越したり

あかぎれの割目に焼け火箸あてし伯母　真冬の宇陀の想ひ出にして

何事もなきごとく時は過ぎゆきて柱時計の音を聞きゐる

手術後に窓を大きく開けはなち空に流るる雲を眺むる

何くはぬ顔して大した事をいふ絵の友ありて筆運びゐる

たちまちに西空朱く染まりしが病室の窓辺にあられ舞ひ来る

なんとなく迫力のなきわが絵なり南仏プロバンスの想ひ出の海

公園の桜の下に車椅子の人達の笑みあふるる如し

四百年たちてゐるらし聖護院のしだれ桜の淡き花満開

林檎二つ描きし彼の絵売れてをり売れるまで何個のりんご描きし

数千年の眠りに光あたへられ沙漠の王女のミイラとまどふ

数千年の歳月過ぎてあらはれし王女のミイラにまぶしき光

いかばかりうるはしき王女でありけるか沙漠に眠りゐしミイラ現はる

幾たびも水切りしたる紫陽花がこの夜あざやかに咲きほこりゐる

「アラビアのロレンス」テレビに見終へたり沙漠に生くる苦しみを見つ

年とるといふはかういふ事なのだ冷蔵庫のドアで頭を打ちぬ

ああうまく転びしものよ花とはさみ高く持ちあげ顔も無事なり

あつけない最後をとげし蚊も流れ朝の洗面所のタイルが光る

物干の睡蓮、ハーブ、しその葉を喰ひつつバッタ住みつきてをり

朝六時咲きそろひたる朝顔の小花となれど色冴えてをり

くまぜみの声はげしきにみつむれば柿の樹に二匹並び啼きをり

白々と金魚のライヒ浮びゐる朝さみしき秋とはなれり

物干に塩からとんぼ飛び来たり小さく咲ける朝顔ゆるる

立待岬に写生しをりし亡き友よ浜茄子の実の朱くみのれる

中天に満月照りてしづかなる夜更けただよふ魂あるらむ

函館の海への坂道くだりゆく老の足もとあやぶみながら

あげは蝶花の少き物干をゆるりと飛びて立ち去りにけり

わが家の物干浮世ばなれせり早朝朝顔をカメラにをさむ

右腕の疼みそのうち消えゆかむ百号のキャンバスに海を描《か》きゆく

水仙

二〇〇六年

白々とあしたの空に月ありて透けたるすがたあやしきかぎり

みまかりし宝生流の師の声の耳にのこれり秋の早朝

何もかもうまくゆくとはかぎらない金魚がなべて死にゆきし夏

水茎のあとうるはしき姉上の軸かかりをり秋深みゆく

偉大なる墓群《はかむら》並ぶ高野山の暗き樹間に魂ひしめくや

錦小路の花屋の記憶顕つ日にて卓上の水仙ゆたかに匂ふ

姉上の書のすつきりときびしくて生きられし長き時を想へり

いつまでも幼稚な短歌を詠む我の前に置かれゐる原稿用紙

水仙の球根あまた植ゑにしがきびしき冬に芽生えたくまし

抗癌剤のみゐるといふ美容院のマダム帽子をまぶかくかぶる

「白珠」より名前の消えし友いくたり昔の歌誌読み面影しのぶ

戦前の昭和の暮らしなつかしむ卓袱台かこむ家族らうつり

師の歌碑のめぐりに咲ける水仙の香りのこれり正月半ば

めがねかけず新聞読めたり時々は字が入りまじりぼやけはすれど

爪びけるギターの調べひびく昼物干の白梅蕾まだ固し

亡き父の愛でし骨董描《か》きはじむ沖縄で求めし唐三彩の壺

若き日に宇陀のいとこの山に摘みしわらびを想ふなべて過ぎ去り

身のめぐり病みゐる友のふえきたり我が寂しさの重なりてゆく

米軍に乗つ取られゐし赤十字病院六十年たち改築されぬ

なつかしき烏丸通り市電なく駅伝の少年走りゆくなり

大作の出品すみてアトリエにのんびり師も弟子も季節の花描く

医院開業止めたる後の事故にしてのんびり休養続けゐる日々

塀の中にボール投げ入れし子供らの声をかぎりに叫びゐる夕

亡き父の麻の絣をブラウスとスカートに縫ひこの夏涼し

入道雲あの家の屋根より動かないぢりぢりと暑き三十八度

大正生れの同窓生の電話にて声のみ元気と楽しげに言ふ

足悪き人たち多しと思ひしが我も仲間となりてのろのろ

実のならぬ柿もすくすく枝伸ばし梅雨あけの空に自由を求む

高校のサッカー試合に勝ちしとふ孫を思ひて一刻《ひととき》楽し

今は亡き師たちを想ふ淀屋橋を渡りて川面に夕日照るとき

はなやかにラベンダー咲く物干に揚羽蝶ひそと舞ひ降りてゐる

描きゐるドールの瞳するどくて何か心をもちゐるごとし

うちつけにくさめする子の声ひびく台風それし夕暮れどきを

朝の細道

二〇〇七年

餓鬼大将なりしが庭師となりてをり京の名園守りゐるらし

例の如くめがねを探す朝《あした》にて窓辺に何鳥か啼きはじめたり

辞書持ちあげ眼鏡の位置をずらせどもやはり読めない憎らしき文字

電話しても電話に出ない友のこと病重きかと心いためぬ

帰りゆく孫の大きな背がみゆる小雨降る日曜の夕暮れどきを

山鉾巡行すでに過ぎたる街にして人の流れのいづこにむかふ

ボールにてやぶられし跡残したる網戸の修理たのめる師走

受験生の孫が来りて勉強し夕食はみて帰りゆきたり

うたの友遂に逝きしか若き日の大津さんの顔心にきざむ

しづしづと人ら歩めり紅葉落ち裸木となれる朝の細道

よそゆきの歌も少しはつくらねば　歌集読みつつ居眠りはじむ

山頭火ややうやく少しわかりきぬテレビにうかぶグレイの後姿《うしろで》

象を好みし絵の友なりしが骨董の小さき象を贈る間なかりし

あたたかき日射しをあびて啼きいでし鴉も明るき声あげてをり

桜散る四月嫌ひし亡母にて父の命日四月九日

父逝きし昭和十七年はるかにて敗戦も戦後も知らず眠ります

一年ぶりの墓参となりぬ石橋の下に水なく亀姿なし

笹持ちて友は舞ひをり流れゐる笛のしらべの胸にひびけり

誰も居ないテニスコートが遠ざかり五月の沿線晴れわたる空

人は生れ生きて死にゆく道すがら会ひたる友たち皆すばらしき

声嗄れしからすががばがば啼き続け梅雨の晴間の広場横ぎる

宮崎の戦争未亡人の同級生現役小児科医九十歳なり

すでにして山鉾巡行終りをり人の流れにさからひ歩む

過ぎ去りし祭の名残感じつつ西へ歩めり鉾見えたれば

ステンレスの流しに白きやもりゐて朝《あした》の我としばし対き合ふ

ビルの上まで伸びてゆきける入道雲輝きまして龍となりたり

大文字の送り火テレビにうつりゐて幼き頃の家族を想ふ

蟬しぐれビルとりまきて激しきよ長崎原爆記念日の朝

クーラーの排気を受けて揺るる葉よ幸福の木なる名前つけられ

ある程度怠けて生くる術もあり齢八十過ぎて思へり

檜の森

二〇〇八年

写真展終へたる友が入院し五階の窓より空見上げゐる

数回の手術も終へてなす術もなき友たづね寂しき車中

お坊さん、植木屋、長刀の先生ととりあはせ楽し錦林校同窓会

五十数年患者診て過しし歳月よ幻の如く過ぎ去りゆきぬ

食べ頃の固さとなれる柿を食む柿を好みし亡き伯母想ひ

花の名を聞けば花屋も知らぬといふ白々とゆたかに穂のゆるる枝

引きあげの苦難にたへし宝塚の男役スター言葉少なし

黒雲のせまりくる様みとどけて窓辺のカーテン閉ざす大寒

クリスマス近づける朝玄関のポインセチアの姿消えをり

手造りのアルミの鍋を給はりし患者思ひ出づ厨に立ちて

五十年前に診し患者の耳のこと思ひ出せり手術受けしや

深々と光を吸ひて育ちゐむ檜の森に想ひ届くや

齢八十過ぎて眺むることもなきわが山聳えて夢にあらはる

チェスターの十六世紀の街角のいまだ遺りて現代人歩む

・

イギリスへ旅せし日々の遠くして共に歩みし人々老いぬ

古着屋と食堂一軒閉店し家のめぐりに春近き樹々

首切られし姫もかむりしものなるか宝物館の冠きらびやか

イギリスの食事のまづさ何回も書きをり旅の手記読みをれば

幸福とはかういふものか孫二人大学入試に合格せしといふ

ああ極楽　患者を診なくてよいのです風邪ひきてのんびり臥所に入りぬ

浪人の孫がんばりて医大合格大文字見ゆる下宿に決まりぬ

九十まで生きて逝きにし父母のこと思へり我も生きねばならぬ

テニスコートに出来る広さと思ひつつ日毎眺むる窓辺の広場

小指ほどに物干のきうり育ちをり梅雨の晴間の朝の光に

ほめられし絵なれど日展落選すのんびり描《か》きて楽しみし風景

窓辺より交通事故のなりゆきを見まもりてをり白き腕動く

食べらるる程のきうりの実りたり我が家の物干の初ものにして

ラベンダー・浜木綿咲ける物干をあげは蝶ひとめぐり舞ひゆく

緑深き北京の街を走りゐるマラソン選手のたくましき脚

生きてゐる人間たちのたくましきマラソン見つつ人生を想ふ

結核でなく栄養失調との診断うけ母の疎開地へ帰りし若き日

相国寺の蓮　　　　　　　　　　　二〇〇九年

ガソリンスタンド過ぎて曲ればば古の街のこりゐて小路《こみち》続けり

幼き日相国寺の蓮を見し記憶幻のごとく心に残る

声嗄れし鴉のいまだ生きてをりビルの上よりガバガバと啼く

ギャラリーの一点の絵のきらめきにひとりうなりて会場を出る

小椋佳のうたを聞きをり生きて来し日をしみじみと想ひうかべて

便りなき友の生死たしかむる事のばしつつ老の日を生く

やうやくにわが人生をとりもどしうろうろ歩き時に絵を描《か》く

高々と啼きつづけゐる鴉あり何か訴ふるもののあるにや

下鴨の森を歩みて女子医専の学長に出会ひしこと思ひ出づ

何となく自由を得たる心地して雪なき空を眺むるしばし

千両の水あげ良好床の間に活けし花々輝く正月

はなやかにみえし祖母たちのいとなみを想ひうかぶる比叡を眺め

墨色の濃き梅の枝ながめつつ大阪城の梅林しのぶ

亡き母に出好きとけなされし事多し亡き友出不精と我にいひしが

偉大なる仕事なし終へ世を去りし祖父の面影ときに想ひ出づ

なんとなく切りすぎたるか物干のさみしき鉢を眺むるしばし

京土産売る友尋ね手術日の近きを告ぐる顔にこやかに

お彼岸の鳥辺野明るし白々と睡蓮高く丘に咲きゐて

友いくたり先に逝きたる世に生きて絵を描きてをり山桜咲く

ひらひらと小《ち》さきあげは蝶舞ひ来たりハーブの朱き花の上ゆく

あしたよりなじみの鴉啼きつづけ早く雨戸を開けろとほざく

終日の雨降りとなり声嗄るるカラス電柱に小さく啼けり

たくましく顔の表情描きゐる片岡球子の世界たのしき

法然院の御寺の縁に同窓の友と語れり話はつきず

人生の残りの道を歌を詠み油絵を描きとぼとぼ歩む

一応は元気なんです百号のキャンバスに対ひテーマきめたり

みなれざる雑草生えし墓のほとり御先祖様の家紋を眺む

はるかなる天津に七十日間父を看とりし母を想へり

腎手術無事に終りし妹よテレビに楽しコスモスの秋

シアトルへ孫出発は明日なりと青空見上ぐ風もさはやか

シアトル　　　　　　　　　　二〇一〇年

晴るる日の続けば窓辺の渋柿の色付きて重く枝ゆらしをり

物干の鉢の並び方少しかへ雑草とりの刻を楽しむ

風邪ひきて咳の残れる一日を日頃読みたき本にとりつく

フィレンツェのヴェッキオ橋の下をゆく流れを見つつ夢はるかなる

シアトルの静かなる街うつりゐるアメリカ一のレコード店あり

戦争を知らぬ若きらきらきらめけるクリスマスツリーの前ぞろぞろと

和裁にたけし二人の母をしのびつつ針をもちをり雪の日窓辺に

ゆるやかにテレビにうつるパリの街セーヌのほとり友と歩みし

我ひとり電気ストーブに手をかざす昔の火鉢思ひ出しつつ

火柱の高くのぼりて節分の祈りの声の冬空に消ゆ

ビルのめぐり白雲あまた光りゐて節分の午後風わたるなり

空がきれいと語りはじめぬ認知症すすめる友の嬉しき言葉

時雨止み重き空気のただよへる二月の真昼老を生きゐる

がんばつても怠けてゐても一日は過ぎてゆくなり冷たき節分

日本家屋に長く住みきてこの冬も着ぶくれて朝の厨に立ちぬ

生きかへりし海芋一本うれしげに持ちてゆきけり医院のスタッフ

声がはりせる少年が叫びゐる南の原つぱ草もえはじめ

父が撮りし古き写真を眺めをり色かはりたり嵯峨野の辺り

鉢の下に居りし蟻たちたちまちに八方に散り見えずなりたり

亡き父の好みし野ばら白々と物干に咲けり空晴れわたる

裏木戸を開くれば丈高きアガパンサス自由に咲けりバイオレットブルー

小窓より眺めゐたりし黄の薔薇の一夜の雨に咲きこぼれをり

幼時より耳にのこりし祇園囃子聴きつつゆらめく長刀鉾見上ぐ

暑きこと忘れ眺むる鉾の列都大路に囃子流るる

祇園祭の囃子連中鉾ごとに浴衣のデザイン変りゐるなり

塀にそひ生えし柿の木実はならず枝天を指し伸びゆくばかり

雑草にうづめられゆく原つぱにランタナ負けじと花咲かせをり

物干に水を待ちゐる植木たち足長蜂も我を迎ふる

丈高き並木の名前知らぬまま数年はたちぬ秋風吹けり

桜石の小犬の軸がここ数年かかりしままにまた秋むかふ

植木屋にきられし渋柿瓶に活け青き実眺めし今日の一日

加茂川

二〇一一年

紫蘇の花やさしく咲けり物干の鉢の隅々に知らぬまに生え

ランタナはたくましく生き原の隅に高く横にも伸びゆくらしも

亀が魚追ひかけてゐる水槽に患者たち一せいに目をこらしをり

をどり子の黄の装ひのはなやかにオンシジウムの花開きたり

珍しくほめられし絵も落選し木犀かをる秋とはなりぬ

歩みきてみつけし木造りの長椅子に友とすわりてもみぢ眺むる

加茂川の堤の上にはるかなる比叡しづかに我を見おろす

歌人にはむいてゐないと思ひつつ歌詠みてきぬ六十年ばかり

医学部の学生となりし孫来り八十八の夫と飲みをり

地に早く着きたしと思ふはやさにて雪降りつぎぬ朝まだきより

白々とやさしく咲けるプリムラの何げなき風にゆらめきてをり

からすたちはげしく啼ける朝《あした》なりこの晴れの日に何がおこりし

おし寄せる津波になべて呑みこまれ自然はむごきものと知りたり

床の間の書の軸物が大きくゆれ震度三とはこのやうなもの

一か月ぶりに聞けたる声にして「主人女川に行つてましたが無事」

親たちと共に眺めし円山のしだれ桜の下に立ちたり

八十を過ぎて得たりしこの自由友と渡れり嵐山の橋

いつの日か師の静塔も訪ねしや落柿舎の庭にしばし坐しゐる

昔ながらの土塀が続く祇園のあたり友と歩みぬさくら散る道

東山のふところ深し墓参終へ桜散る道北へと歩む

四条通りに浮世絵なども売られゐし子供の頃の京もなつかし

一昨年蟻にやられしキウリにて今年は無事にみのりつつあり

描きあげしヌードの油絵持ちかへり暮れてしまへる部屋にたてかく

梅雨なれば窓辺にミシンかけてをり女学校時代の教室想ふ

亡き母の絽の着物などブラウスに縫ひてゐるなり戦中のごと

物干に出るたび雑草との戦今年野薔薇も白き花咲く

猛暑の夏やうやく過ぎしか御墓へも遂にまゐらず老を生きつぐ

熊蟬の声も遠のき朝より雨降りつづくぬけがらひかり

裏木戸を開くれば雑草の原にしてねこじやらしやさしく風にゆれゐる

睡蓮のはな咲きそむる鉢にしてあしながが蜂が翅やすめゐる

紅型の布地

二〇一二年

雉一羽歩み来りしがたちまちに目の前横ぎり飛び去りゆけり

私がただの少女でありし頃彼女はしっかりした大人でした

昭和初期沖縄の病院に勤務せし亡父の孤独ときに想ふも

沖縄より父が持ち帰りし紅型の地味な布地をあかず眺むる

腓返りしたる足なで降《くだ》りゆく夜の階段をころばぬやうに

朝毎に同じ調子で啼きいだす若きからすよ寒くはないか

八十五歳のクラス会なり耳遠き友たちふえて部屋にぎにぎし

三条の橋の上より眺めたる北山かすかにけむりてみゆる

菜の花のサラダテレビにうつりゐる芝えび朱く色を添へゐて

背の高きモデルがひけるマンドリン画室のわれら心うるほふ

孫の部屋の窓より見ゆる大文字山文字白くうかび山容なだらか

「もどり橋」昔のままの名前です　タクシーの運転手説明はじむ

志賀の海あの日の如く荒波のうち寄せゐるや桜散る日を

ボート部の遭難のこと語りつぐ姑《はは》の涙の胸にこたへし

大いなる株に腰かけにぎり飯食みつつ眺む満開の桜

ひたすらに人々歩み我もまた何十人かに抜かされ歩む

下河原いきな石畳つづきゐて浴衣姿の舞妓二人づれ

鴨川のゆたかに流れ人けなき床をながむる四条橋の上

何かかう人間どもに知られざる働きあるをときに感ずる

幼き日のままごと路に莚をしきかぼそきススムさんお父さん役

いたみたる物干遂に新築ときまり植木鉢運び出す日々

敗戦のおごそかな声「アメリカ兵はここまで来ない」誰かつぶやく

むくげ白々日毎に花つけさはやかに風わたる日よ秋来りけり

やはりしろうとの域抜けられぬもどかしさキャンバスの前に暫し立ちをり

漱石全集　　二〇一三年

新しき物干すでにバッタが住み薔薇の鉢などに姿を見せぬ

疎開地に敗戦の夏をむかへたるかの日芋畠の草をぬきゐし

シャム猫の珊瑚樹を登り物干へいつもの如く昼寝しにゆく

ああやつと流動食でない物を食みつついのちつなぎゐるなり

人物画の額があはないと息子の意見いつまでもよき批評家にして

草鞋はきダンス習へる学生の居りしよ戦後の想ひ出の一つ

若き日の田中絹代がうつりをりくもれる午後をテレビに釘づけ

ビルの横に白き雲あり長くなり龍の形に流れゆくなり

本箱のガラス戸越しに並びゐる漱石全集朱くなつかし

疎開せし御杖村の伯母の家の二階に寝ころび読みし漱石

ばらの鉢の根元に咲けるつぼすみれ白々と小さく咲きつづけをり

タケ子さんギブスはめたる脚みせて明るく笑ふ早くよくなれ

たけのこをゆがきわらびのお浸しと五月の食卓平和の日々よ

木屋町の祖母の家すでに姿なくこの辺りかと思ひつつ歩む

みどりいろににごれる水に生きてゐるめだか数匹冬を越したり

六十年ただひたすらに描き来し実父の絵なればあかず眺むる

くまぜみの抜け出しし穴点々と庭に並べり鳴き声はげし

五十三で逝きたる友はいまもなほ美しきままの面影にして

ああ遂にわが行く道の見えてきぬ窓より南の青空ひろがり

きよらかな心持ちゐし友逝きぬこの世にいかなる生き方をせし

晩年の茂吉の詠める最上川あざやかにわが脳裏にうかぶ

退院し部屋の絨毯の花模様つくづく眺め落ちつきにけり

宇陀の村

二〇一四年

つゆくさの花がゆれゐる物干を思ひ出しをり明日は手術日

雨の音少し小さくなりたると聴きつつ病室に夜明けを待ちぬ

散りしける桜もみぢを掃きゐたり退院したるしづかなる朝

生きをれば染まりしもみぢ葉掃きをりぬ美しき秋にわが立ちてをり

萱島の小川のほとり歩みたり晴れし日の朝きみにさそはれ

五十年あびこに住みて場末などと思ひをりしが親しき街となる

松阪より汽車にゆられて桑名のあたり小さきバスに乗りかへたりし

萱ぶきの大きな屋根を見上げにき伯父伯母たちのゆたかな笑顔

吐く息の白き朝よシクラメン少しうなだれ窓辺にしづか

水やりしシクラメン少し立ちあがり朝の空気になじみつつあり

加茂川の流れテレビによくうつるドラマの最後の場面あのあたり

原つぱに残れる雪をながめつつ疎開地宇陀の村思ひをり

アルパカのセーター重ね暖かしはるかなるモンゴルの砂漠をしのぶ

枯れゆきし鉢をとり入れ芽ぶきたる苗木玄関に並べみる朝

物干のばらの芽朱く萌えはじめ鉢の雑草抜きとる午後を

さんご樹の新芽光れる枝を登りいつもの黒猫こちら見てゆく

ちるちる散るそめゐよしのの花びらをうけて門辺を掃ききよめをり

加茂川の土手しづしづと歩みたる葵祭よ思ひ出の中

届きたる京の筍ゆがきをり亡き親たちを思ひうかべて

戦前の丸太町通市電走り古本屋友とはしごせし記憶

物干の鉢に植ゑにしミニトマト一箇づつ朱くみのりてゆきぬ

西川流の跡目辞退しひそやかに花を活けゐし父しのびゐる

呉竹庵の広き和室よ南の縁より茅ぶきの農家見えたり

白々となんてんの花さかりなり梅雨の晴間を小さき風吹く

珊瑚樹の青葉のかげに啼く小鳥めじろらしきが二羽すがた見す

高台寺門前に土産物屋いとなみゐし友もこの世を去りて一年

あわただしくドイツ旅行をしてきたる娘の家族スリに遭ひしと

南天のあをき実ひそかに育ちをり台風去りし青空の下

ライン河加茂川の三倍の幅といふ過去の思ひ出うかべつつ聴く

一九三五年ダットサン市電に抜かされし丸太町通り

二〇一五年

バイカル湖

台風の害なきこの辺りさはやかに桜青葉の黄ばみそめたり

真白な洗濯物をたたみをり医者であること忘れゐるとき

次々と入院のしらせ受くる日よ老いて生きゆく淋しさ重ぬ

女子医専の牧野の寮の金木犀しのびつつ仰ぐさ庭の古木

届きたる信州林檎眺めつつ朝の食卓心ゆたけき

少しづつ植ゑしチューリップの球根よ土の中にて夢ふくらます

珊瑚樹の葉をゆるがして風吹けりビルのむからの空の輝き

古びたるブロック塀に光さしシクラメン小さき花をつけをり

気がつけばすでに師走もなかばなり南天の実が赤く輝き

シベリアの苦しみなめて生きのびし人達うつるテレビみつむる

バイカル湖の歌教へられし青春の日をしのびをり寒き冬の朝

沖縄の病院勤務　舟に乗り往診に行きしと亡父の言葉

優勝せしこともありしか戦後友と共に立ちたるテニスコートに

ロンドンの店の黒人やさしくて求めしバッグ愛用してをり

おむかひの桜の枝が切られたり寒々とした二月のなかば

爪切りを中国人が買ひゆけりわれも愛用す国産のもの

目覚むれば机上の林檎ひかりゐて居眠りをりし老のひととき

黒々と小さき人の姿ありテレビにうつる湖《うみ》のほとりに

きらきらと大阪城が光りゐて白き花々とりまきて咲く

たくましく育ちたるかな医師国家試験発表ありて孫顔を見す

お釈迦さまのお生まれになつた日と告げくれき幼き頃に龍谷大生

紅梅白梅散りゆきしかどみつけたり小さきみどりの実のふくらむを

ロボットと何を語りてゐるならむ独り住まひの友を思へり

新車買ひスーパーへ買物に行くといふ友たくましく余生歩めり

柿の葉の青く繁りてひそやかに白き花咲く見えがくれして

耳とほき夫がピアノをひきはじむはづれし音も昨日のままに

右の眼の視力半分とつげられて加齢黄斑変性直ちに手術

卓上に水こぼしたり近頃は日常茶飯事驚きもせず

物干のトマトの鉢に黄なる花次々咲きて実りたる二個

南天の白き小さき花咲けりあの世へゆきし友も詠みゐし

ああ遂に会ひにゆけなかつた佐藤さんそのうち私もたどりつきます

鉢植の実をとりをればぼうちつけに毛虫にさされぬ人さし指を

右眼にてみつむるオレンジ白々とピンク色なり林檎の横に

むかし祖母の住みゐし木屋町三条上る探したる家跡かたもなし

鴨川の床に夕闇せまる頃辻占の声きこえしあの頃

祖母の家の電話しきりに鳴りゐたり二・二六事件の一日のこと

生きのこりゐる寂しさの深みゆき川は流るるいつもの如く

御堂筋の公孫樹高々と輝けり病院がへりのまぶしき午後を

ひたすらに読みつづけたる歌集にて詠みたるきみの心みつむる

熊蟬の声のはげしさ懸命に生きゐる夏を風わたりゆく

夕顔

二〇一六年

顔見せし満月たちまち雲に入り夕顔白く闇にうかべり

求めこしすすきなびける待合室の窓の端よりながむる満月

棕櫚の葉にかくれてゐしがしぶ柿の去年《こぞ》より大きく育ちゐるなり

台風のそれたるままに秋深みサッカーする子らの声きこえくる

局所麻酔なれば術医の説明を聞きつつ舌を切られゐるなり

きのふ一日病みをりし夫しやんとして術医の話共に聞きをり

舌腫瘍のかたまりホルマリンにつけられて細胞検査待つこととなる

シャンプー、カットしてもらひたる翌日にクリーム一応顔にぬりたり

たての線めだつ手の爪ながめつつ昔もとめしリングをはめぬ

二年ぶりに訪ひし絵の教室仲間減り何か寂しき笑ひ声さへ

寒々と明けし原つぱ昼すぎて陽ざしゆたかに照りてゐるなり

ゆづられしは檜植ゑたる山にして育ちゐるさま心にゑがく

わが山をしらべてやると云ひをりし従兄も逝きて十年はたつ

敗戦のラジオを聞きし農村の山深き道思ひ出しをり

コンクリートの割れ目より生えし一樹あり二米に伸びゆれをり立春

塀にうつる木のかげゆるるきさらぎの昼前何から片づけようか

物干の鉢植の紅梅咲きはじむしぶ柿のかげに育ちをりしが

耳かきの竹の感触心地よし三年坂の友想ひつつ

昔ながらの民家並べる街をゆく友の車の中にゆられて

転移なきを告げられ外科医のもとを去る春めく街路をかるがる歩み

ほそぼそと生きてゆくなり新しき俎板の上に葱きざみつつ

ホームより家に帰りて楽しき日をもちし友なりその日逝きしと

暖かくなればば会ひたいと電話にて語りてをれど逝つてしまひぬ

五十三で逝きし養父のこと偲ぶ学会の土産に帽子をもらひし

内科医の養父に連れられ法然院のめぐり歩みしことなつかしむ

スーパーの軒先につばめの巣をみつけ歩みをとめてしばしみまもる

母の日に贈られし紫陽花水注ぎ生きかへりたる姿さはやか

青桐のひよろりと伸びしが風をうけ梅雨の窓辺にをどりみせをり

はげしき雨はたと止みたる窓外にカラス数羽の啼きはじめけり

さうめんもやはらかくゆで父の日の昼食雨を眺めつつ食む

カラー好みし友を偲びぬ花屋の前ゆるりと歩む梅雨終るころ

転移なき喜びかみしめ帰途につく車窓に繁る公孫樹をながめ

仁左衛門のきられ与三郎のせりふ聴く京に住みゐし頃思ひつつ

入道雲めざし歩めりまひるまの鋪道かわきて白々つづく

泥まみれの高校野球の若者ら甲子園に雨降りつづきをり

たまはりしメロン食みたり秋田なる空の青さを心にうかべ

大文字の送り火テレビにながめつつ逝つてしまひし友しのびをり

なくなれるパン屋のあたり田植されし稲うつくしき頃もありしを

せり摘みしあたり病院となりをりて塀のめぐりに青き花咲く

台風をのがれしあびこの町にして満月仰ぐ物干に出で

そめゐよしの　　　二〇一七年

顔がない黒いマスクの少女ひとり通りすぎたり秋雨やむ道

通りすがりに出会ふ人達　日暮れどきいつもの丈高き少女もをりて

餓鬼大将なりし少女時代の話など思ひ出しぬ逝きし友のこと

立ちあがりかかとをあげる運動す悲しき手紙書かねばならぬ

くつしたのつくろひ特技と云ひたいが誰にいつたらよいのでせうか

針に糸を通せるけさの明るさよそめゐよしのも紅葉はじむ

花模様のじゆうたんの上に落したる白き錠剤明日さがさう

片すみに咲き出したり真白なる小さき菊の一輪にして

友の魂いづこさまよふ紅葉せるそめゐよしののひかりまぶしき

わが青春のめぐりにをりし人たちのおほかた逝きけりさみしき秋よ

鏡の中空青く澄みこの年も生きてゆくなりただひたすらに

今は亡き友と遊びし雪の日よ天の橋立見ずに帰りぬ

胸いたむニュースばかりが流れゐて明るき未来はいづこへゆきし

かじかめる手をこすりつつ歩みにき女学校の頃の丸太町橋

祖母の家の石畳いかになりたるや高瀬川かはらぬ流れみせをり

結核で命終へたる従兄のこと思ひ出せり寒き夜の更け

京大の寮焼けいとこの卒論もやけてしまひしこともありしか

むづかしいことはいはないひたすらに春を待つなり水仙芽ぶく

窓外の空きらめきて春近し原つぱに鳩一羽ついばむ

きらきらと珊瑚樹の葉が光りをり五十年たち幹太りゐて

外出の身支度すませ結局は行かぬときめて机にむかふ

ごみ箱に物を投げ入れはひらねばもたもた拾ふ毎度のごとく

北海道函館の魚屋より電話あり流氷せまりて蟹とれしとぞ

娘より電話うけたり医師になりし孫の婚約くはしく聞かむ

道をこえ散りくる桜の花びらよ雨降ればみぞにこびりつきをり

嵐山の竹林の道亡き友と歩みにし日も過ぎて久しき

なんてんの柔らかき新芽もえいでて青葉の季節はじまらむとす

着るチャンスなきまま箪笥にしまひたる着物とり出し娘とながむ

四百年の命ながらへ聖護院御殿の桜咲きほこりをり

コーラスをいまだつづくる妹の声は私に似てゐるといふ

クレマチス去年のごとく咲きはじむ数多けれど小さき花々

百号の絵の完成を思ひつつ眺めゐる日々　そのうち何とか

買ひきたる本数冊がたまりをり眼の手術うけ読む日少なく

一枝の青き楓をたをりきて床の間のガラスの瓶に活けたり

総菜屋の軒につばめが巣をつくり下行く我ら見上げつつ行く

椅子の上に正座しああやはりわたしは日本人齢重ねて
額が少しいがんでゐます家の人達誰も気にしない事なんですが
ガウディも市松模様このみしか画集を見つつ午後をたのしむ

大文字の送り火心にいだきつつ大阪に住める年かぞへをり

さんご樹の実の赤々と輝きぬモータープールの車の上に

街々の水につかれるすがたみる変りはげしきこの地球上

雨戸　　　　二〇一八年

歯医者さんなくなり跡に早々と自転車屋出来てバーゲンはじむ

うちつけに古き冷蔵庫うなりだし朝の忙しさ告げてゐるなり

たそがれてくらき木立となれる園車窓よりながむ月いまだなし

わが植ゑし柿高々と空に伸び今年もしぶ柿みのらせてをり

オリーブの枝に数箇の実がつきて物干にあたらしき世界生まるる

名を忘れし鉢の若葉のもえいでて小さき喜び心に抱く

なんとなく見なれし人とすれちがひスーパーへ行くいつもの通り

風にゆるる師走の樹々をながめつつ逝つてしまひし友たちしのぶ

敗戦の若き日のことこのところしきりに思ふ古き歌集読み

誰ひとり歩いてゐない街にして予報どほりに雨降る朝

さるすべりらしき一本の樹のかげをたしかめ夕べ雨戸しめたり

厨べに牡蠣フライ揚ぐる音すなりいづれの海にそだちたりけむ

忘れもの探し二階より降りくれば夫も何かさがしゐるらし

棕梠の葉が大きくゆるる窓辺にて眼科受診の予約たしかむ

かの友だち生きてるかしら年賀状やめると告げ来しが数年たちぬ

まうそこまで春が来てゐると思へども裸木ふるへ立ちつくしをり

若き日に共に学びし歌の道仁丹をいつも持つてゐし彼

今は亡き友の手紙とどけゆきし大学の寮思ひ出せり

若き日に描きしひまはり掛けおけば絵の友たちの顔うかびくる

走りゆく地下鉄ながめとばされし愛用の帽子思ひ出しをり

ラケットの持ちかたをかへ百本のサーブの練習なしし若き日

よれよれの白きワンピースのユニホーム縫ひき女学生なりしあの頃

菊の御紋の瓦のこれる聖護院御殿さくらふぶきにつつまれゐるも

すすきなど生えゐし昔の我孫子の町思ひうかぶる門前掃きつつ

少しばかりおしやれをしよう亡き友の生きをらば我に何かいひなむ

秋空にゆうらり大き葉をなびかせ梧桐高く天をめざせり

うちつけに地震来れり恐ろしく思ひ長々立ちつくしをり

サッカーのルール少しづつわかりきてコロンビアに勝ちし若きら称ふ

この年になりても何か忙しき日々過しをり九十二歳

ミケランジェロのピエタの前に立ちつくししかの日の事も友とのことも

亡き友とフィレンツェ歩みもとめたるスカーフひろげときに眺むる

エッフェル塔めざし歩みし若き日よ友たちすでに世に姿なし

ゆらゆらとさんご樹の葉に風わたり応援歌空へたからかにひびく

大文字の送り火かすかにのこりゐて闇にうかべる逝きし友たち

甲子園の土を大事に持ちかへる若者たちよ涙うかべて

甲子園の芝生のみどり色冴えて孫のやうなる若きら走る

麦茶のみアイスクリーム一つづつとり出し猛暑のがれゐるなり

木の椅子　　　　　　　　　二〇一九年

金木犀花ざかり過ぎ流れたる香りのゆくへはかなきものを

半月のたしかなる姿仰ぎをり歩むひとたち気づかぬらしき

ブータンも変りゆくらし息子ひとりかの地に住むと語る人ありき

あたらしき年となりたり主《あるじ》なき家の雨戸のきしむ日のくれ

門前のそめゐよしのの黒々と枝ひろげをり白壁のまへ

過ぎ去れば長きうき世のくさぐさの思ひ出となりうかびくる夜半

子らすでに還暦となり何もかもまかせて我ののんびりすごす

こきざみにさんご樹の葉のゆれてをり遠き春まつわが老いの朝

売れないから薄口醬油置いてませんなるほどと今日の世間勉強

生きのこり友らあつまり若き日の面かげ求め言葉少なき

雨あとのさはやかな空気ながれゐて青葉の光みなぎりてをり

そめゐよしの散りつづけゐて梢にはきみどりの葉の光まぶしも

ひたすらにさはやかな歌詠みをりしきみの歌なき歌誌とどきをり

ひた走る車青葉の街をゆく高きビルの窓洗濯物白し

麻雀をはじめたる友「認知症予防」と笑ひ電話をきりぬ

あくがれて過ぎたる日々よむつかしき歌詠みまししきみしのびをり

花冷えのひと日くれゆきかぜひける息子に電話かけむとするも

青き魚白き背びれの細くして神はいかなるのぞみあたへし

フランス語習ひてをりし友思ふそのフランス語聞きしことなし

そめゐよしの青葉の傘の如くなり下かげに紫の小さき花咲く

天井くろくすすけたる家に茶をもみし伯父思ひをり窓の青葉に

ためをりし小判を戦にささげたる伯父のことなど思ひ出せり

きうり茄子籠に背負ひし伯母なりき消えし人たち宇陀御杖村

広き庭の木々の名つげきぬ剪定も独りこなすとふ友のいきざま

甲子園の空高くとぶホームラン黒き顔いまだ少年の顔

良き友をあまたもちゐし主なりシュレッダーに名簿ながし入る

みんなさつさと逝つてしまひぬ生き残れる私今日は何をしようか

函館の広き畠にむぎわら帽とばす若者台風ちかき

まういまは旅もむつかしいテレビみてはるかな世界に憧れゐるも

どうして鉄の椅子なんだらう木の椅子をなつかしみつつ停車場にをり

あとがき

新型コロナ禍の終息を願いつつ日を過ごしてきましたが、まだ不安な日が続いております。主人誠五は平成三十年に九十六歳で天寿を全うしました。私も大阪日赤病院耳鼻科で働き、よく飲み、短歌も熱心に詠んでおりました。私も開業していた耳鼻科を七十八歳で閉め、その後いつか第二歌集を出したいと思っておりましたがようやくまとめる事ができました。数千首の中から最近のものを選び出しています。あの世で青風先生、章生先生、佐和乃奥様、幸子奥様は「今頃やっと」と眺めて居られる事と思います。純生先生にはお忙しい中ご指導頂きまして厚く御礼申し上げます。白珠の諸先生方にも厚く御礼申し上げます。そしてこの度は息子と娘が力になってくれた事を嬉しく思います。そして私の拙い歌集をお読み頂く皆様に平和な未来をと祈っております。

この歌集出版に関しまして青磁社の永田淳様にはいろいろご配慮に与りまして心から御礼申し上げます。

令和二年夏

仁瓶　早苗

著者略歴

仁瓶 早苗（にへい さなえ）

大正15年6月3日	京都市に生まれる
昭和19年3月	京都府立第一高等女学校卒業
昭和24年3月	大阪女子高等医学専門学校卒業
	大阪日赤病院耳鼻科勤務の後、
	耳鼻咽喉科開業～平成17年
昭和23年11月	「白珠」入社
昭和35年	「白珠」同人となる
昭和37年	白珠同人歌集『彩層』参加
平成７年	第一歌集『南の窓』刊
平成15年	日洋会 小灘一紀先生に師事（絵画）

歌集　そめゐよしの

白珠叢書第二四七篇

初版発行日　二〇二〇年十月二日

著　者　仁瓶早苗

大阪市住吉区苅田九－一五－一二（〒五五八－〇〇一一）

定　価　二五〇〇円

発行者　永田　淳

発行所　青磁社

京都市北区上賀茂豊田町四〇－一（〒六〇三－八〇四五）

電話　〇七五－七〇五－二八三八

振替　〇〇九四〇－二－一二四二二四

http://www3.osk.3web.ne.jp/~seijisya/

口　絵　著者

装　幀　濱崎実幸

印刷・製本　創栄図書印刷

ISBN978-4-86198-475-4 C0092 ¥2500E